EPITRE FAMILIÈRE

A M. ANDRIEUX.

DE L'IMPRIMERIE DE BRASSEUR AÎNÉ.

EPITRE FAMILIÈRE
A M. ANDRIEUX,

DE L'INSTITUT DE FRANCE,

SUR SA COMÉDIE DES DEUX VIEILLARDS,

ET

(PAR OCCASION)

SUR LA THÉORIE DES CABALES ET DES SIFFLETS,

Par Placide-le-Vieux,

Boulanger à Gonesse, et Membre de l'Athénée du même endroit;

SUIVIE

DE NOTES

ESSENTIELLES ET INSTRUCTIVES

à l'usage des littérateurs de Saint-Denis, de Gonesse et d'Argenteuil.

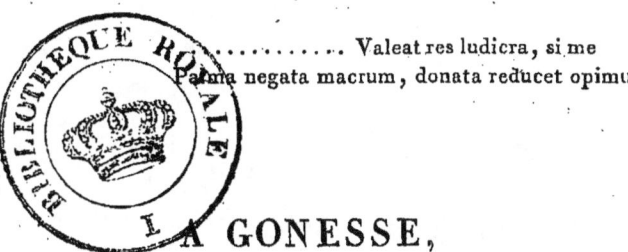

.... Valeat res ludicra, si me
Palma negata macrum, donata reducet opimum.

A GONESSE,

ET SE TROUVE

A PARIS, CHEZ BRASSEUR, RUE DE LA HARPE, N° 93.

1810.

EPITRE FAMILIÈRE

A M. ANDRIEUX,

DE L'INSTITUT DE FRANCE,

SUR SA COMÉDIE DES DEUX VIEILLARDS.

J'ai, dans un Opuscule exact et didactique,
Décrit du Boulevart la légende tragique;
A la célébrité j'ai voué, comme on sait,
Les grands hommes de Corsse et ceux de Nicolet; (¹
J'ai dit du grand Guilbert les actes mémorables;
J'ai nombré de Caignez les succès innombrables;

Nul de ces grands flambeaux du quartier Saint-Martin

N'a pu de ses honneurs préserver son destin,

Et Pompigny lui-même, étonné de sa gloire,

A volé sur sa Bête au temple de Mémoire : (2

Je vais changer de style et prendre un autre ton;

Je suis las de louer, avec ou sans raison,

Ces écrivains fameux dont on ne parle guères,

De la littérature enfans sexagénaires,

Qui prennent tous les soirs, en clandestinité,

Un essor ambigu vers l'immortalité.

De dénigrer un peu certaine ardeur me pique;

Je veux faire à mon tour le métier de critique,

Et c'est à vous, monsieur.... Je parle de travers;

On est plus familier lorsque l'on parle en vers :

Le sévère Boileau, qui connut la décence,

A tutoyé Louis sans blesser sa puissance;

Desbarreaux, au sonnet que l'on a trop vanté,

A dit toi sans scrupule à la Divinité :

Craint-on de s'égarer sur des pas respectables?

Je ne vous connais pas; j'ai lu vos vers aimables;

Le bruit des Etourdis a percé jusqu'à moi : (3

Voilà qui m'autorise, et je vous dirai toi.

D'ailleurs j'ai comme vous mes titres à l'estime ;

Tout mitron que je suis, et je pense et je rime ;

Je suis d'un Institut connu dans l'univers ; (4

Je puis montrer encor vingt diplômes divers ; (5

Enfin nous sommes pairs ; point de cérémonie ;

On ne s'adule pas de génie à génie.

En vain donc, Andrieux, pour tes charmans écrits

Apollon t'a classé parmi ses favoris ;

En vain plus d'une aimable et bonne comédie

Fit reconnaître en toi l'héritier de Thalie ; (6

Tes vieux succès n'ont pu désarmer tes censeurs,

De ton œuvre nouveau turbulens auditeurs :

J'entends, j'entends encor le sifflet circulaire

Dont furent tes Vieillards accueillis du parterre. (7

Cet arrêt fut injuste : il ne me surprend pas ;

Le goût perd son procès quand le juge est Midas. (8

Ce fut au tribunal de l'absurde ineptie

Qu'en ce sinistre jour a comparu Thalie.

Il faut à nos Midas, épris d'un goût nouveau,

De ces conceptions qui soient à leur niveau,

Des gaîtés au gros sel, de bonnes épigrammes,

Brunet, des calembours, ou bien des mélodrames,

Surtout du sentiment, jusque dans les laquais,

Et des cœurs vertueux comme il n'en fut jamais ; (9

Eulalie et Menau leur arrachent des larmes ; (10

A Monsieur Dumollet ils trouvent bien des charmes ; (11

D'après leurs aperçus, pour tout dire en un mot,

Kotzbue est un grand homme, et Molière est un sot ;

A leurs yeux le Jocrisse a des beautés suprêmes,

Et le Cadet Roussel vaut seul tous les poëmes ; (12

La Nature a pour eux d'insipides appas :

On ne saurait aimer ce qu'on ne connaît pas.

Pour mieux dire, Andrieux, et leur trouver l'excuse,

La Nature est pour eux la tête de Méduse :

A ce terrible aspect, sinon pétrifiés,

Ils sont remplis d'effroi, tremblans, humiliés ;

Comme un astre de feu le vrai les épouvante. (13

Les uns n'ont pu souffrir la peinture vivante

Des travers qu'on affiche au déclin de ses ans :

Quand on rit de soi-même on rit du bout des dents.

A Paris plus qu'ailleurs incessamment circule

De ces jeunes vieillards l'engeance ridicule,

Qui jusqu'à soixante ans *gardent l'air éventé,*

Et sont les vétérans de la fatuité ; (14

Tourtereaux surannés, Adonis en lunettes,
Un goût minutieux préside à leurs toilettes ;
On les voit, de la mode exacts observateurs,
Inventer des habits et créer des couleurs.
Ces barbons encor vifs, toujours insupportables,
Près des jeunes beautés se jugent redoutables ;
Ils font fuir les Amours ; ils ont l'air d'être heureux,
Et, s'ils n'avaient la goutte, ils seraient dangereux. (15

   Quant à ces étourneaux, encor dans leur bel âge,
Qui, montés par ressorts, ont sifflé ton ouvrage,
De leur dénigrement conçois-tu la raison ?
Loin de prendre en passant une utile leçon,
Ils s'en sont indignés ; leur courroux prophétique
Sur leurs travers futurs pressentit la critique ;
Ils ont dans tes tableaux reconnu sans détour,
Si ce n'est ce qu'ils sont, ce qu'ils seront un jour ;
Ils n'ont pu voir railler leurs guides exemplaires,
Et ces enfans sont bien les enfans de leurs pères. (16

   Tu leur dois à ce titre un pardon général ;
Ils ont sifflé tes vers par respect filial :
Plus d'un peintre a déplu par trop de ressemblance ;
Une extrême justice est une extrême offense ;

Qu'un singe dans la glace ait cru s'apercevoir,

Il crie à la laideur, et brise le miroir.

Quels arbitres, bon dieu ! quels juges on vous donn

Beaux esprits qui des arts disputez la couronne !

Dans vos vers vainement vous répandez le sel,

Vainement votre style est pur et naturel ;

Un spectateur bien sourd, quoiqu'il ait des oreilles,

Préfère au bon esprit d'insipides merveilles,

Des drames bien moraux où l'on peut s'attendrir,

Où les gens sont toujours sur le point de mourir,

Et tous les lieux communs de la dramomanie,

Qu'à l'Opéra-Comique on prend pour du génie.

Mais que je plains surtout le poëte inspiré

Qui, dans son âme encor gardant le feu sacré,

A combiné longtemps et veut mettre en lumière

Un de ces traits heureux échappés à Molière !

Pour prix de ses efforts et de son dévoûment,

Saturé de dégoûts préliminairement,

Abreuvé d'amertume ainsi que d'injustices,

Fatigué de débats, d'intrigues de coulisses, (¹⁷

Après dix ans d'espoir, presque toujours déçu,

Il voit luire le jour qu'il a tant attendu ;

Tout était rose encore ; il va voir tout épine,
Et le tumulte horrible et la guerre intestine.

D'où partent ces clameurs, et pour quelle raison
Tant de gens semblent-ils hurler à l'unisson ?
Je vais, en révélant un secret ridicule,
Trouver, j'en suis certain, bien plus d'un incrédule ;
N'importe, il faut tout dire, au risque d'offenser
Ceux que mon vers hardi doit ici dénoncer ;
Comme l'a dit Boileau dans un vers mémorable,
Le vrai peut quelquefois n'être pas vraisemblable.

A d'impurs cabaleurs le parterre vendu
Reçoit l'impulsion d'un vieil enfant perdu,
De burlesques soldats déhonté capitaine,
Et dont quelques écus paîront demain la peine.
Ce chef entrepreneur, que tout Paris connaît,
A son camp, ses signaux, ses mots d'ordre et du guet,
Son quartier-général, où sa digne milice
Vient prendre ses leçons et faire l'exercice,
Et va, pour à coup sûr agir et travailler,
Savoir s'il faut ce jour applaudir ou siffler.

Dans ces lieux consacrés à l'usure, au courtage,
Des chutes, des succès se fait l'agiotage. (18

Le tarif d'un succès est simple, régulier :

Une chute est plus chère ; il faut la bien payer.

Mais la bande est en place, et le combat commence ;

Le chef à ses agens a commandé silence,

Et tous, les yeux sur lui fixés docilement,

Ont juré d'obéir à son commandement.

La pièce, comme on dit, marche assez bien, est claire :

Mais le général bâille, et ses soldats de braire.

Plus loin on applaudit, car l'endroit est fort beau :

Le général saura réprimer ce *bravo*;

Il fronce le sourcil. A ce signal visible

Un sifflet bien nourri, perçant, irrésistible,

Part d'un coin de la salle, et trouble l'auditeur,

De vers parfaits paisible et simple admirateur,

Qui, dans sa place obscure, à l'écart, en silence,

Concentrait à part soi sa douce jouissance :

Etourdi des clameurs et des redoublemens,

Il croit s'être trompé dans ses ravissemens,

Tant sur son propre compte il est en défiance,

Tant il croit que tout autre a plus d'intelligence

Que lui, bourgeois obscur, sans lettres, ingénu,

Au spectacle ce soir par pur hasard venu;

A son tour de savoir il veut faire parade,

Et mon homme se met au ton de la brigade :

De la nef dans les flots le stupide mouton

Saute ainsi quand il voit sauter son compagnon.

Hélas, cher Andrieux ! dans le monde où nous sommes

Les moutons ne sont pas plus moutons que les hommes ;

Pas une absurdité qui n'ait ses zélateurs,

Et le plus sot modèle a des imitateurs.

Ainsi de rang en rang circule et se propage

Le bruit d'abord léger qui s'accroît en tapage ;

Chacun, par son voisin follement entraîné,

Suit le bruyant exemple, et croit l'avoir donné ;

Le désordre est au comble ; on crie, on vocifère,

Et l'on croirait entendre éclater le tonnerre.

En vain l'acteur demande un peu d'attention ;

Il est enveloppé dans la proscription,

Et par ces forcenés, qu'irrite sa constance,

Avec l'auteur honni, damné sans indulgence. (19

L'auteur voit achever sa pièce en enrageant ;

Il tombe, et la cabale a gagné son argent.

Voilà par quels ressorts et par quelles menées

Les pièces, à périr en naissant condamnées,

Font croire à l'étranger, de ces revers surpris,

Que le goût et les arts sont perdus à Paris. ([20]

Non, non, qu'on se détrompe ; ils sont nombreux encore

Ceux qu'Apollon inspire et que leur siècle honore ;

Melpomène à sa cour compte des noms fameux ; ([21]

Lormian, Lancival, Aignant et Delrieux

D'un quadruple laurier, que la gloire environne,

Ont encore embelli sa tragique couronne. ([22]

Thalie en notre siècle a moins de sectateurs ; ([23]

Elle donne toujours à Colin quelques pleurs,

A Colin, qu'au tombeau Paris a vu descendre,

Emportant avec lui le secret de Ménandre, ([24]

Mais dont le nom célèbre, au tien associé,

Est cher au dieu des arts bien moins qu'à l'amitié.

Hélas ! ce bon Colin de l'ombrageux parterre

Comme un autre éprouva l'inconstance ordinaire,

Et le sifflet cruel, en dépit du bon sens,

Accueillit quelquefois ses chefs-d'œuvres naissans :

Le dépit, le murmure, un désir de vengeance

Ne pouvaient de son âme altérer l'indulgence ;

Tant que grondait l'orage, en soi se concentrant,

Il laissait en vains bruits s'épuiser le torrent,

Le critique aux journaux exercer ses censures,

Le vénal libelliste exhaler ses injures,

Et, fort de son génie, il répétait : *Ils m'ont*

Indignement traité ; mais ils y reviendront.

Ils y sont revenus à tes Vieillards aimables (25

Ceux mêmes qui, d'abord censeurs déraisonnables,

Avaient condamné tout dans leur prévention,

Sans examen, sans preuve et sans conviction ;

Ils ont des grands hurleurs reconnu la malice,

Ont d'un premier arrêt révoqué l'injustice,

Et, par un froid mépris payant les cabaleurs,

Jugé leurs jugemens et sifflé tes siffleurs.

Quand par les dieux du goût ta muse est bien reçue,

Que t'importe des sots l'aboyante cohue ?

Andrieux, rien ne manque à ton succès. Geoffroy

Dans son journal, dit-on, a parlé mal de toi : (26

L'infaillible Geoffroy, par qui l'on siffle en France,

A cette fois encor vu casser sa sentence.

Mais laissons-le siffler et remplir son destin ;

Je deviens indulgent ; j'ai parlé de Colin.

FIN.

NOTES.

―――――

1) Mon Opuscule était intitulé *le Mélodrame aux Boulevarts;* cette facétie littéraire, historique et dramatique, eut dans son temps deux ou trois éditions. Dans cette brochure, peu volumineuse, j'ai traité comme ils le méritaient tous les graves auteurs qui consacrent leurs veilles au service dramatique des boulevarts, c'est à dire que je les ai loués tous collectivement et individuellement. La plupart des journalistes ont honorablement mentionné cet acte de justice distributive; cependant je sais, à n'en pouvoir douter, que ma facétie n'a pas trouvé grâce devant certains esprits moroses et difficiles, qui eussent préféré des sarcasmes, le style de l'épigramme et la critique amère à des éloges peu diversifiés, et d'un genre trop uniforme peut-être; c'est qu'il y a des gens qui s'imaginent qu'on leur vole la gloire dont un autre qu'eux se trouve gratifié; tant il est vrai que

Invidus alterius macrescit rebus opimis.

2

2) La Bête de M. Pompigny, dont il est ici question, est la Bête du Gévaudan, qui a fait l'an passé les délices de bien des gens d'esprit, et de beaucoup de belles dames bien respectables du Marais, qui n'étaient pas si bêtes. Je n'ai pas parlé dans mon Opuscule de cette Bête-là, par une raison bien simple ; c'est que ce dernier chef-d'œuvre de M. Pompigny n'avait pas encore, à l'époque où j'écrivais, étonné l'univers au théâtre de l'Ambigu-Comique. Certes, personne ne vénère plus que moi l'illustre auteur d'Hortense de Vaucluse et d'Adrienne de Courtenai ; personne ne rend plus justice à ses talens dramatiques et autres : par quelle fatalité m'est-il donc revenu dans mon hermitage, où je fabrique du pain de Gonesse, et où je ne tiens aux arts et à la littérature que par l'intérêt que m'inspirent ceux qui s'y livrent ; pourquoi, dis-je, ai-je appris, par quelqu'un assurément digne de foi, que M. Pompigny se déclarait ouvertement contre ma brochure, et, dans sa mauvaise humeur, en tançait et même en menaçait l'auteur, qu'il ne connaît pas ? Cette particularité désespérante me fut dans le temps communiquée par un littérateur, membre ainsi que moi de l'Athénée de Gonesse, qui joignit à son annonce la petite pièce suivante ; il me la donnait pour une épigramme de sa façon, mais je me ressouviens de l'avoir vue quelque part, aux variantes près, que nécessite l'à-propos ; quoi qu'il en soit, la voici :

« Pompigny, triste auteur d'un mauvais mélodrame,
« Par Placide aujourd'hui se trouve diffamé.
« — Quoi! Placide a sur lui lancé quelque épigramme!
« — La plus sanglante ; il l'a nommé. »

Une récrimination pareille m'a paru indigne de moi et de mes principes, ennemis de la critique amère et des personnalités; ainsi je ne publierai point l'épigramme renouvelée des Grecs de mon collègue. Mais je désire sincèrement rentrer en grâce auprès de M. Pompigny, et quoiqu'il me paraisse très-susceptible sur le chapitre des éloges, et extrêmement difficile à contenter, je le prie, en toute humilité, de vouloir bien rendre à mon caractère la justice que j'ai rendue dans mon Opuscule à ses sublimes conceptions mélodramiques ou mélodramatiques. Il me paraît au reste bien étonnant que M. Pompigny m'accable de son animadversion; l'ingrat! j'ai cependant eu la discrétion de ne point révéler au public qu'il était l'auteur *des Barogo* et de *l'Epoux républicain.*

3) *Les Etourdis.* Tel est le titre de la pièce extrêmement ingénieuse qui a fondé la réputation de M. Andrieux, et dont le succès se soutient depuis plus de vingt ans : c'est ce qu'il était inutile de rappeler aux Parisiens, mais qu'il est fort bon d'apprendre aux littérateurs de Gonesse, qui pourraient à l'occasion être tentés de prendre cette comédie pour une de celles de Molière ou de Regnard.

4) *Athénée, Académie, Institut,* sont en effet des mots à peu près synonymes.

5) Je suis associé-correspondant des sociétés littéraires de Saint-Denis, Argenteuil, Senlis, Villers-Cotterets et autres villes. J'avoue que ce n'est pas dans un accès de modestie que j'énumère ici mes titres à la

célébrité; il y a des momens où je suis tenté de dire avec Figaro:

« C'est que vous croyez peut-être avoir affaire à
« quelque boulanger de village qui ne sait manier que
« sa pâte; apprenez que j'ai travaillé de la plume à
« Paris, et que sans les envieux...... »

6) Outre les *Etourdis*, il faut citer avec éloge *Anaxi-mandre*, *Molière avec ses Amis*, *Helvétius*, *le Tré-sor*, qui ont été représentés avec éclat sur les théâtres Français et de l'Impératrice.

7) Je n'ai vu la comédie nouvelle de M. Andrieux qu'à une des représentations qui ont suivi la première; mais les différentes gazettes littéraires et quotidiennes qui circulent à Paris nous étaient déjà parvenues à Gonesse; nous y avions lu, avec autant de surprise que d'amertume, que *les Deux Vieillards* avaient été fort mal reçus, et même sifflés outrageusement le jour de la première représentation, qui avait eu lieu le 6 juin 1810. Quelques journaux (entr'autres le Moniteur) ont soupçonné, et même prouvé jusqu'à conviction, l'exis-tence d'une cabale organisée pour faire tomber un bon ouvrage. Voici les expressions du Moniteur:

« La représentation de cet ouvrage a été assez
« orageuse; elle a même été affligeante, et ce n'est
« pas un médiocre découragement pour un homme de
« lettres d'avoir à redouter de compter parmi ses
« juges des auditeurs aussi peu judicieux, aussi pré-
« venus que l'ont été cinq à six personnes placées au
« parterre. Cette minorité, que l'on eût eu bien de la

« peine à compter, mais qui s'est fait remarquer par
« son obstination, son aveuglement et son absence
« totale de jugement et de goût, s'est déclarée dès les
« premières scènes, et il n'a fallu rien moins pour
« la réduire au silence que l'expression très-énergique
« des dispositions de la presque totalité des spec-
« tateurs en faveur de la pièce, et des témoignages
« réitérés de leur estime pour son auteur.» (Du 8 juin
1810.)

Je suis assez de l'avis du Moniteur, et je reviendrai
sur les raisons qui me font en être. Cependant dans un
autre journal on a eu la simplicité (je dirai presque la
perfidie) de regarder comme la manifestation franche
de l'opinion générale ce qui n'était que l'expression de
la mauvaise humeur de quelques turbulens, et l'on a
fini une diatribe assez virulente par ces deux mauvais
vers :

> Dans cet imbroglio, je l'avoue et le dis,
> Je ne reconnais point l'auteur des Etourdis.

Il faut tout dire; le journal en question ne passe pas
l'antichambre, et reste quelquefois à la cuisine; son
rédacteur, inconnu quoiqu'il se nomme et qu'il signe,
décèle à chaque mot qu'il avance une ignorance profonde sur ce qui constitue les principes de l'art dramatique; mais en revanche il s'extasie périodiquement
sur le mérite des acteurs du boulevart et l'excellence
des mélodrames qu'on représente à l'Ambigu-Comique.
Cette divergence d'idées entre dans le système des com-
pensations; tous les yeux ne sont pas organisés de la
même manière. Mais ici il s'agit d'un fait; *y a-t-il*

*eu ou n'y a-t-il pas eu une cabale montée contre
la comédie des Deux Vieillards?* Or, dans le récit
d'un fait il faut s'en rapporter, pour les circonstances,
aux témoins qui passent pour avoir les meilleurs yeux,
ou au moins les meilleures lunettes.

8) On a appelé de l'arrêt des tapageurs, qui n'ont
pas gagné leur cause en jugement définitif, ainsi qu'il
m'a été prouvé par le récit des faits consignés dans les
journaux dont les rédacteurs ont de bons yeux ou de
bonnes lunettes.

9) Il paraît que cette épidémie de sensibilité ne date
pas de nos jours :

> ... On veut des tableaux bien jolis, délicats,
> De vertueux seigneurs, de vertueuses dames ;
> Jusque dans les fripons on veut de belles âmes,

a dit d'Eglantine, qui disait quelquefois la vérité,
quoique dans un style un peu âpre.

10) Dans Misantropie et Repentir, drame lugubre
et sentimental à faire frémir, où ce fut la mode il y a
quelques années d'aller pleurnicher tous les soirs, pour
se donner bien du plaisir.

11) C'est cette année Monsieur Dumollet qui a le
privilége d'attirer la foule admiratrice au théâtre des
Variétés du Panorama. Monsieur Dumollet jouit ac-
tuellement de la célébrité qu'ont obtenue ses devan-
ciers Janot, Jocrisse et Cadet Roussel. Cette note est
inutile pour les Parisiens ; mais elle pourra servir à

l'instruction des littérateurs d'Argenteuil et de Villers-
Cotterets, qui n'ont lu que Molière, et qui ne connaissent
pas tous les grands hommes et toutes les belles choses
qu'on admire dans la bonne compagnie parisienne.

12) J'ai plus d'un garant pour attribuer la mauvaise
humeur de ceux qui se sont prononcés hostilement le
premier jour contre un bon ouvrage à la bizarrerie de
leur goût et aux dispositions habituelles avec lesquelles
ils entrent au spectacle de la Comédie-Française, qui
n'est pas fait pour eux ; entre autres citations que je
pourrais faire, voici ce que je lis, toujours dans le
Moniteur du 8 juin 1810 :

« L'opposition avait fait des fautes si grossières, et
« souvent ses coups de sifflets ont été de telles balour-
« dises, qu'elle a fait douter de ses lumières plus encore
« que de son urbanité, et l'on est demeuré bien con-
« vaincu que le très-petit nombre de ceux dont elle
« était composée ou ne voulaient souffrir au Théâtre-
« Français que des ouvrages marqués du sceau d'une
« perfection idéale, ou que plutôt ils avaient pris aux
« boulevarts leurs principes sur l'art dramatique, et
« au mélodrame leurs idées sur ce que doit être la
« comédie. Pour affecter une telle rigueur il faut être en
« effet d'un goût beaucoup trop sévère, ou d'une igno-
« rance beaucoup trop profonde ; il faut déclarer qu'on
« ne veut entendre au Théâtre - Français que deux ou
« trois pièces de Molière, ou avouer qu'on n'a jamais
« entendu que celles débitées par Brunet... etc. »

13) ... Le vice présent, qui se sent cajoler,
       Pour peu qu'on le démasque est tout prêt à siffler.

Je peins ce que je vois, et non ce qu'on invente.
Mes modèles aussi, pâlissant d'épouvante
Si j'exposais un jour en scène leurs portraits,
M'accableraient bientôt de leurs perfides traits;
On les verrait, honteux de trop de ressemblance,
Nommer l'auteur méchant, son courage insolence...

a dit encore Fabre-d'Églantine, que je cite toujours
volontiers, mais que je suis fâché de ne pouvoir citer
que de mémoire.

14) Qui jusqu'à quarante ans gardent l'air éventé,
Et sont les vétérans de la fatuité.

Ces deux vers sont de Gresset; j'en préviens les
littérateurs de Gonesse, et même ceux de la capitale
qui pourraient l'ignorer. J'ai mis *soixante ans* au lieu
de *quarante,* parce qu'à l'époque où nous sommes par-
venus les ridicules sont plus tenaces, et qu'on fait encore le jeune homme à un période de la vie où nos
grands pères se regardaient déjà comme des barbons.

15) Ce portrait n'est pas de fantaisie; j'en rencontre
tous les jours plus d'un original sans sortir de mon
pays : les modèles doivent en être plus répandus à Paris,
quoique M. Geoffroy avance textuellement que ce travers n'est pas commun. Il paraît qu'il a le bonheur
de ne vivre qu'avec de vieux Catons tels que lui; je
l'en félicite sincèrement.

16) On pensera ce qu'on voudra du motif plau-
sible que je donne aux perturbateurs de la soirée
dramatique du 6 juin 1810; ce n'est au reste qu'une

hypothèse un peu hasardée qui atténue leurs torts et les rend excusables peut-être.

17) Je ne suis point auteur dramatique, et vraisemblablement je ne le serai jamais; mais j'ai eu occasion de rencontrer dans la société des gens de lettres estimables qui dans leur jeunesse avaient consacré quelques veilles au service et à la prospérité des différens théâtres de Paris, et tous, sans exception, se plaignaient vivement des tracasseries, des intrigues, des commérages, de tous les désagrémens en un mot par lesquels il leur avait fallu passer avant de parvenir aux honneurs d'une représentation : cette nomenclature est à faire trembler les jeunes gens qu'un vain désir de gloire aiguillonne, et qui brûlent de s'élancer dans l'arène dramatique. Au reste je ne parle de tout cela que par ouï-dire, et il y a peut-être de l'exagération dans ce qu'on me rapporte; ce qu'il y a de certain, c'est qu'il faut faire bien des démarches, et, comme on dit vulgairement, avaler bien des couleuvres avant de parvenir au but désiré. Un vieil auteur, connu par quelques succès au théâtre, énumération faite de ce qu'il appelait les avanies qu'il avait essuyées, me disait un jour :

Que faire? Attendre en paix le retour du bon temps,
Abandonner Thalie, et faire des romans.

Et il en a fait des romans; et il a été plus contrarié par les imprimeurs et les libraires qu'il ne l'avait jamais été dans sa carrière dramatique par les directeurs de spectacles, acteurs, actrices, copistes, souffleurs, garçons de théâtre et moucheurs de chandelles.

18) On sait que c'est au café Minerve et autres tabagies du Palais-Royal que se tiennent les comités secrets des aggrégés à la cabale, qui y vont organiser le matin le scandale qu'ils se proposent d'exécuter le soir.

19) Damner une pièce de théâtre ou un acteur est une façon de parler à l'anglaise, qui exprime la réussite d'un complot ourdi pour faire tomber, à ne pas s'en relever, ou la pièce ou l'acteur.

20) Ce n'est pas un de ces tableaux fantastiques enfantés par l'imagination, que je viens d'offrir aux yeux du lecteur. Il est de fait qu'il existe à Paris des foyers de cabale où l'on se coalise plus ou moins ouvertement pour faire tomber ou réussir les pièces nouvelles. « Le chef de la cabale connaît d'avance les « beaux endroits et les endroits faibles de l'ouvrage; « il se place de manière à être vu de tous ses subor- « donnés, dont les yeux sont fixés sur lui. Aux mor- « ceaux faibles il baille et reste immobile; sa troupe « l'imite, et le parterre entier baille par sympathie. « Aux beaux passages il siffle, il trépigne, il hue; la « troupe répond à ses signaux; la voix de l'acteur « est étouffée, et le public condamne un ouvrage dont « il n'a entendu que les plus mauvaises scènes.... » Voilà ce que je lis dans l'ouvrage intitulé *Annales drama-tiques, ou Dictionnaire général des Théâtres*, et je n'ai fait que rimer la prose du compilateur, qui sans doute avait d'excellens mémoires, et auxquels je m'en rapporte. A ce sujet je vais encore transcrire une anec-dote récente qui m'a été communiquée par un témoin

oculaire et auriculaire : « On sait que la tragédie de Bru-
« nehaut fut sifflée outrageusement à la première repré-
« sentation, et qu'elle ne se releva qu'aux suivantes. Le
« soir donc de la première représentation un homme,
« très-connu à Paris pour chef d'une de ces cabales
« qui font le destin des nouvelles pièces, aborda dans
« la coulisse l'auteur (M. Aignan), et lui dit du ton
« d'un homme sûr de son fait : Pourquoi ne m'avez-
« vous pas envoyé soixante billets? J'aurais employé
« mes travailleurs, et cela n'eût pas souffert le plus
« petit pli. » Je cite la phrase textuelle; ces messieurs-
là ne s'expliquent pas en trop bons termes.

Voici à présent ce que je lis dans le Moniteur du
8 juin 1810 : « On prétend qu'il existe à Paris des
« associations de cabales qui, non seulement vendent
« leurs suffrages pour ou contre, mais encore menacent
« l'auteur qui ne s'abaisse point à les employer de se
« venger du mépris qu'il a pour leurs services. C'est
« ici le cas de la pièce nouvelle; nous n'en doutons
« plus, et tout le monde sera de notre avis quand
« nous rappellerons le nom de M. Andrieux au lec-
« teur, comme il l'a été au public. » Quelle con-
clusion tirer de tout cela? 1° Il existe donc à Paris
des associations de cabaleurs; 2° une ligue pareille
a été déchaînée contre la comédie de M. Andrieux à sa
première représentation. *Quod erat demonstrandum.*

21) MM. Chénier, Ducis, Arnaud, Legouvé, Re-
nouard et quelques autres, soutiennent encore avec
éclat l'honneur de la scène tragique.

22) Les succès d'Hector, d'Omasis, d'Artaxerce et

de Brunehaut ont retenti jusqu'à Gonesse avec les
noms de leurs auteurs, qui y sont en grande estime
et considération.

23) Quel ouvrage est le plus difficile à faire d'une
bonne tragédie ou d'une bonne comédie? Cette question a déjà été agitée plusieurs fois, et je n'ai pas le
droit de chercher à la résoudre. Il est cependant un
fait que je vais me contenter d'énoncer sans en tirer
aucune conséquence, c'est que dans le dernier siècle
on compte beaucoup plus d'auteurs de tragédies que
de comédies. Dans le dénombrement, quoique très-
inexact, des premiers, sans compter Voltaire, qui est
hors de comparaison, Longepierre, auteur de Médée,
et Piron, qui fit Gustave et Fernand-Cortez, je trouve
Debelloi, Blin-de-Saint-Maure, Laharpe, Lemierre,
Champfort, Maisonneuve, Lefebvre, etc., etc., et
parmi nos contemporains, outre ceux que j'ai cités
dans mes deux notes précédentes, MM. Petitot,
Mazoyer, Lehoc, auteur de Pyrrhus, Cécile, auteur de Geneviève de Brabant, et quelques autres
dont les noms ne me reviennent pas. Depuis Des-
touches, Dufresni, Piron et Gresset, je franchis
une lacune immense avant d'arriver à Beaumarchais
et à Colin-d'Harleville, qui ont obtenu chacun de
grands succès dans des genres bien opposés; car je ne
regarde comme des auteurs comiques ni Lachaussée,
qui fit larmoyer Thalie, ni Boissy, ni Dorat, ni Mari-
vaux, ni aucun des trop nombreux imitateurs de ces
trois derniers. D'après ma manière de voir, Colin-
d'Harleville est dans la comédie le dernier des Ro-

mains : il ne nous reste , pour nous consoler. de sa
perte, que MM. Picard et Andrieux, n'en déplaise à
tous ceux qui pourraient se plaindre de n'avoir point
été mentionnés dans mon dénombrement. Au reste, je
donne ce que je viens d'avancer là non comme une
opinion qu'il faille adopter, mais comme mon opinion
particulière; c'est celle d'un provincial, qui ne doit
pas être d'un grand poids dans la balance.

24) Multis ille bonis flebilis occidit,
    Nulli flebilior quam tibi, Andrieux.

25) « La seconde représentation des *Deux Vieillards*
« a été vivement et constamment applaudie; le public a
« saisi et marqué par ses suffrages une foule de traits
« comiques, de mots de situation et de vers de carac-
« tère qui d'abord lui avaient échappé. Tout annonce que
« cet ouvrage, sur le genre duquel le public est désor-
« mais prévenu, continuera pendant d'assez nombreuses
« représentations à dissimuler la faiblesse du fonds par
« l'agrément et la variété des détails... » (Extrait du
Moniteur du 9 juin 1810.)

26) Dans son feuilleton du samedi 9 juin 1810,
M. Geoffroy a rendu compte de la première représentation de la pièce de M. Andrieux. Après quelques
propositions que dans tout autre on, appellerait des
hérésies de sens commun, M. Geoffroy ajoute : « Le
« Vieux Fat de M. Andrieux n'est qu'un bourgeois très-
« sot et grossièrement vain, un niais berné par un bas
« flatteur, et qui imite les manières des jeunes gens à
« peu près comme le bourgeois gentilhomme imite les

« manières des courtisans. » Et plus loin : « Le Vieux Fat
» me paraît un caractère mal choisi et peu convenable
« au théâtre... On est extrêmement las des niaiseries, des
« fadeurs et des fanfaronnades de ce galant invalide. »
Enfin M. Geoffroy termine par ce résumé, qui seul
prouverait qu'il n'a point assisté à la représentation de
la pièce qu'il s'avise de juger :

« L'auteur avait un grand nombre d'amis ; les trois
« quarts du parterre étaient pour lui, et applaudissaient
« avec une ardeur d'autant plus grande qu'ils avaient
« tort d'applaudir. Cette extrême partialité a déplu à
« certains spectateurs qui s'ennuyaient de la pièce, et
« que les applaudissemens ont irrités ; ils ont cru devoir
« à ce torrent de flatteries opposer quelques sifflets
« modestes, mais opiniâtres, seulement pour protester
« contre l'injustice. Je crois cependant qu'on aurait pu
« laisser jouir l'auteur d'un beau jour sans nuage ; cette
« humanité n'aurait pas tiré à conséquence , car la
« pièce est atteinte d'un mal secret auquel tous les
« applaudissemens d'une première représentation ne
« peuvent remédier ; elle est ennuyeuse, le style est
« d'une facilité verbeuse, toujours naturel , souvent
« faible et commun , mais entremêlé de quelques vers
« heureux et bien tournés ; sous ce rapport même du
« style, le Vieux Fat est une des moindres productions
« de M. Andrieux. »

Peut-on être en opposition plus manifeste avec tous
les autres journalistes ! Cela s'appelle-t-il juger avec
impartialité, ou dénigrer avec malveillance ? C'est ce
que je laisse à décider aux lecteurs. Cette manière de
voir de M. Geoffroy n'offre rien de surprenant de sa

part; quand on a pris à tâche de détrôner Voltaire, on ne doit pas faire grâce aux auteurs vivans. Il en est cependant quelques-uns que M. Geoffroy honore d'une affection toute particulière; ce sont les auteurs des mélodrames qu'on représente aux boulevarts, et les compositeurs de pantomimes qu'on exécute à la porte Saint-Martin. Il s'est ces jours derniers récrié d'admiration sur la parfaite intelligence des singes qui gambadent et font des sots merveilleux dans le canevas gymnique intitulé *les Voyages de Lapeyrouse*. Avec un pareil Aristarque, il faut s'honorer de son inimitié, et ne rougir que de ses éloges quand on a le malheur d'en recevoir.

FIN DES NOTES.